Haansil iyo Geratal

Hansel and Gretel

Retold by Manju Gregory
Illustrated by Jago

Somali translation by Adam Jama

Mantra

Beri hore waxaa jirijiray nin dhirta qoriga laga sameeyo gooya oo meel kula noolaa xaaskiisii iyo laba carruur ah. Wiilka waxaa la odhan jiray Haansil, walaashiina waxaa la odhan jiray Geratal. Marbaa waxaa dhacday abaar xun oo dhulka oo dhan ku baahday. Galab ayaa ninkii intuu xaaskiisii eegay ayuu neefsaday, "Xitaa roodhi inagu filanba ma haysanno."

"I dhegayso," ayay tidhi xaaskiisii. "Carruurta intaynu kaynta dhexgayno aynu halkaa kaga tango, iyagaa is debaraaye eh."

"Laakiin waxaa laga yaabaa in bahaluhu cunaan!" wuu ooyay.

"Ma waxaad doonaysaa in aynu wada dhimanaa?" ayay tidhi. Markaasay ku celcelisay hadalkii illaa uu yeelay taladeedii.

Once upon a time, long ago, there lived a poor woodcutter with his wife and two children. The boy's name was Hansel and his sister's, Gretel. At this time a great and terrible famine had spread throughout the land. One evening the father turned to his wife and sighed, "There is scarcely enough bread to feed us."

"Listen to me," said his wife. "We will take the children into the wood and leave them there. They can take care of themselves."

"But they could be torn apart by wild beasts!" he cried.

"Do you want us all to die?" she said. And the man's wife went on and on and on, until he agreed.

Labadii carruur ahaa ayaa gam'i waayay gaajo darteed iyagoo aad u daalay.
Wixii ay waalidkood ku hadlayeen oo dhan way maqlaayeen, markaasaa Geratal six un u oyday.
"Iska aamus," ayuu yidhi Haansil, "Waxaan umalaynayaa inaan garanaayo sidii aynu ku badbaadi lahayn eh."
Intuu qunyar cidhibsaday ayuu beerta daaradda u baxay. Dayaxii ifaayay ayaa quruurux yaryari ka dhalaalayeen halka la maro. Haansil ayaa jeebabka ka soo buuxsaday quruurixii, markaasuu soo noqday si uu walaashii u aamusiiyo.

The two children lay awake, restless and weak with hunger.
They had heard every word, and Gretel wept bitter tears.
"Don't worry," said Hansel, "I think I know how we can save ourselves."
He tiptoed out into the garden. Under the light of the moon, bright white pebbles shone like silver coins on the pathway. Hansel filled his pockets with pebbles and returned to comfort his sister.

Subaxdii dambe ayaa intaan qorraxduba soo bixin hooyadood Haansil iyo Geratal ruxruxday.
"Toosa, kaynta ayaynu teganaaye. Roodhidan yarna mid walawba mid qaado, oo mar hawada cunina."
Markaasay dhammantood is raaceen. Haansil ayaa marba is taaga oo dib u soo eega xaggii aqalkooda.
"Maxaad samaynasaa?" aabbihii baa ku qayliyay.
"Bisadaydii yarayd ee caddayd ayaa aqalka dushiisa fuushan oo aan nabadgelyaynayaa."
"Waa been!" hooyadii baa ku jawaabtay. "Runta sheeg. Waxaa kuu muuqdaa waa qorraxda oo haysa aqalka dushiisa."
Haansil si qarsoodi ah ayuu marba dhagax yar sii dhigayay waddada.

Early next morning, even before sunrise, the mother shook Hansel and Gretel awake.
"Get up, we are going into the wood. Here's a piece of bread for each of you, but don't eat it all at once."
They all set off together. Hansel stopped every now and then and looked back towards his home.
"What are you doing?" shouted his father.
"Only waving goodbye to my little white cat who sits on the roof."
"Rubbish!" replied his mother. "Speak the truth. That is the morning sun shining on the chimney pot."
Secretly Hansel was dropping white pebbles along the pathway.

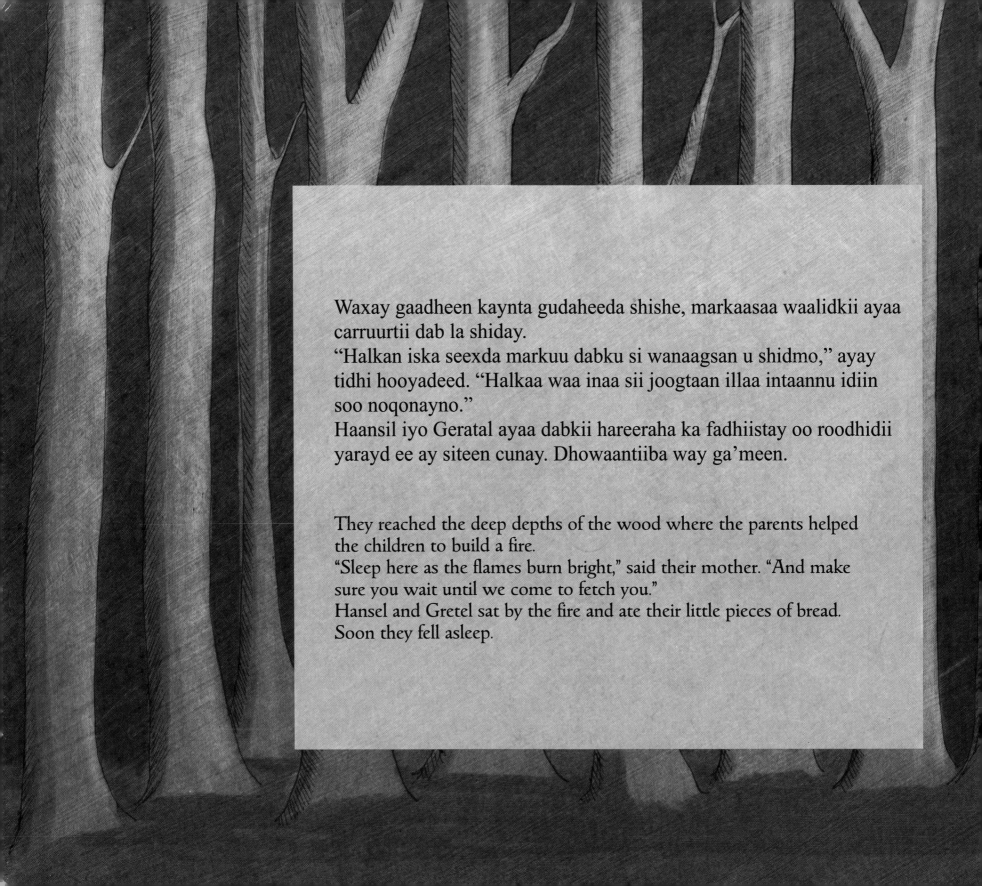

Waxay gaadheen kaynta gudaheeda shishe, markaasaa waalidkii ayaa
carruurtii dab la shiday.
"Halkan iska seexda markuu dabku si wanaagsan u shidmo," ayay
tidhi hooyadeed. "Halkaa waa inaa sii joogtaan illaa intaannu idiin
soo noqonayno."
Haansil iyo Geratal ayaa dabkii hareeraha ka fadhiistay oo roodhidii
yarayd ee ay siteen cunay. Dhowaantiiba way ga'meen.

They reached the deep depths of the wood where the parents helped
the children to build a fire.
"Sleep here as the flames burn bright," said their mother. "And make
sure you wait until we come to fetch you."
Hansel and Gretel sat by the fire and ate their little pieces of bread.
Soon they fell asleep.

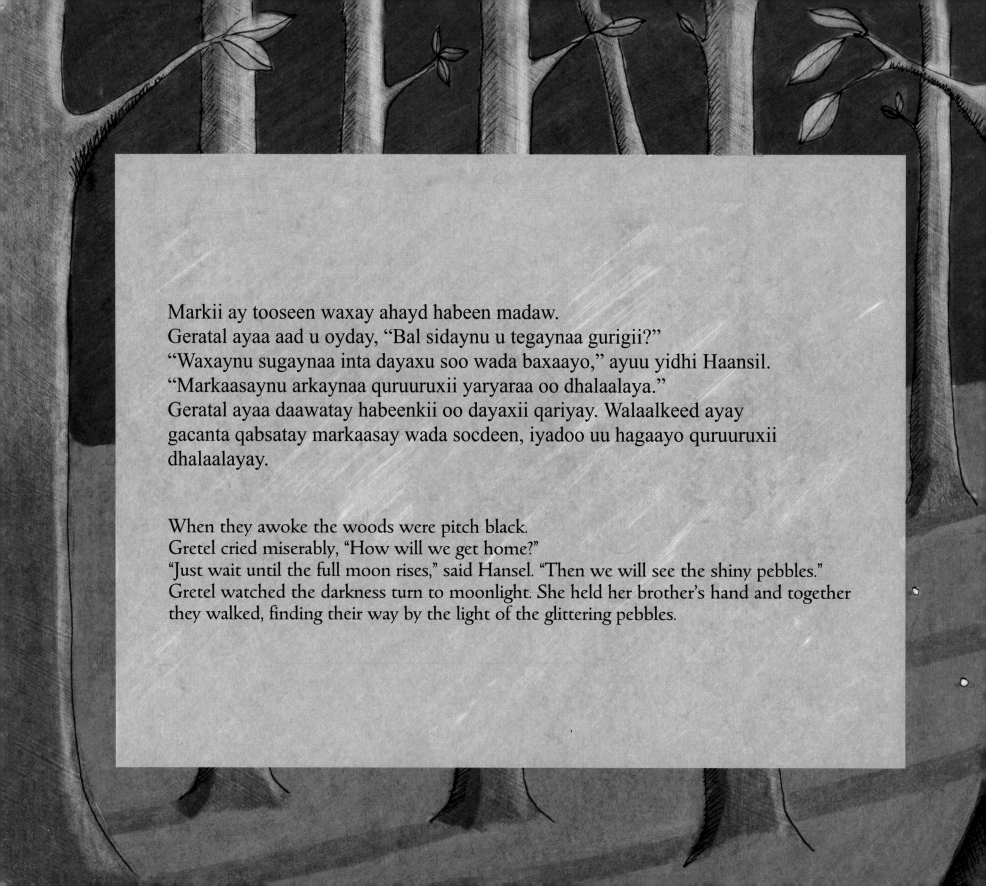

Markii ay tooseen waxay ahayd habeen madaw.

Geratal ayaa aad u oyday, "Bal sidaynu u tegaynaa gurigii?"

"Waxaynu sugaynaa inta dayaxu soo wada baxaayo," ayuu yidhi Haansil.

"Markaasaynu arkaynaa quruuruxii yaryaraa oo dhalaalaya."

Geratal ayaa daawatay habeenkii oo dayaxii qariyay. Walaalkeed ayay gacanta qabsatay markaasay wada socdeen, iyadoo uu hagaayo quruuruxii dhalaalayay.

When they awoke the woods were pitch black.

Gretel cried miserably, "How will we get home?"

"Just wait until the full moon rises," said Hansel. "Then we will see the shiny pebbles."

Gretel watched the darkness turn to moonlight. She held her brother's hand and together they walked, finding their way by the light of the glittering pebbles.

Goor ku dhaw waabarigii ayay soo gaadheen qorijaraha gurigiisii. Hooyadood ayaa intay albaabkii furtay ku qaylisay, "Maxaa intaas oo dhan kaynta idin seexiyay? Waxaan is idhi weligood soo noqonmaayaan eh."
Aad bay u xanaaqday laakiin aabbahood wuu ku farxay. Wuxuu aad u nebcaystay markii horeba inuu keligood ka yimaado.

Muddo ayaa ka soo wareegtay reerkuna cunto ku filan ma haysanin.
Habeen ayaa Haansil iyo Geratal maqleen hooyadood oo leh, "Carruurta waa in aynu ka takhalusnaa. Waa in aynu kaynta ku sii fogaynaa. Markan dib u soo garanmaayaan guriga."
Haansil baa sariirtiisii ka soo degay qunyar si uu quruuruxii u soo gurto haddana laakiin albaabku wuu xidhnaa.
"Ha ooyin," ayuu ku yidhi Geratal. "Wax uun baan samayn doonaaye. Bal iska seexo immika."

Towards morning they reached the woodcutter's cottage.
As she opened the door their mother yelled, "Why have you slept so long in the woods? I thought you were never coming home."
She was furious, but their father was happy. He had hated leaving them all alone.

Time passed. Still there was not enough food to feed the family.
One night Hansel and Gretel overheard their mother saying, "The children must go. We will take them further into the woods. This time they will not find their way out."
Hansel crept from his bed to collect pebbles again but this time the door was locked.
"Don't cry," he told Gretel. "I will think of something. Go to sleep now."

Maalintii xigtay, ayaa iyagoo sita in roodhi ah oo tii horeba ka yar ayay socdaalkii bilaabeen, carruurtiina waxaa la geeyay meel kaynta fog ah oo aanay weligoodba arag. Marba Haansil baa is taaga oo in yar oo roodhi ah daadiya.

Waalidkood baa dab shiday markaasay ku yidhaahdeen seexda. "Qoriga ayaannu jaraynaa, marka hawshu dhamaato ayaannu idiin soo noqonaynaa," ayay tidhi hooyadood.

Geratal ayaa roodhideedii wax ka siisay Haansil, markaasay labadoodiiba sugeen oo sugeen. Cidina uma imanin.

"Marka dayuxu soo baxo ayaynu arkaynaa roodhidii markaasaynu gurigii ku noqondoonnaa," Haansil baa yidhi.

Dayaxii baa soo baxay, laakiin roodhiidii ma oolin. Shibirihii iyo xawayaankii kaynta ayaa cunay dhammaantood.

The next day, with even smaller pieces of bread for their journey, the children were led to a place deep in the woods where they had never been before. Every now and then Hansel stopped and threw crumbs onto the ground.
Their parents lit a fire and told them to sleep. "We are going to cut wood, and will fetch you when the work is done," said their mother.
Gretel shared her bread with Hansel and they both waited and waited. But no one came.
"When the moon rises we'll see the crumbs of bread and find our way home," said Hansel.
The moon rose but the crumbs were gone.
The birds and animals of the
wood had eaten every one.

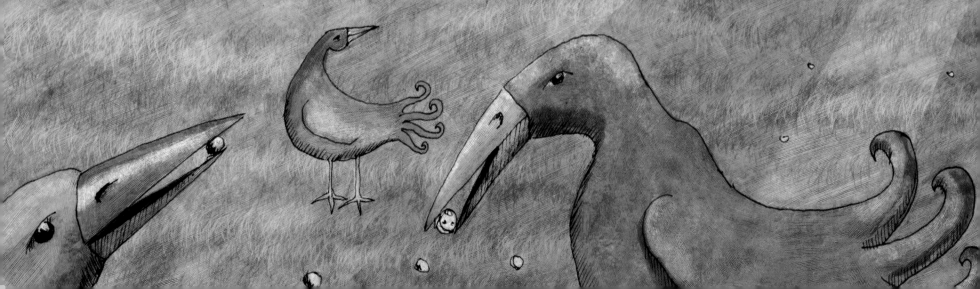

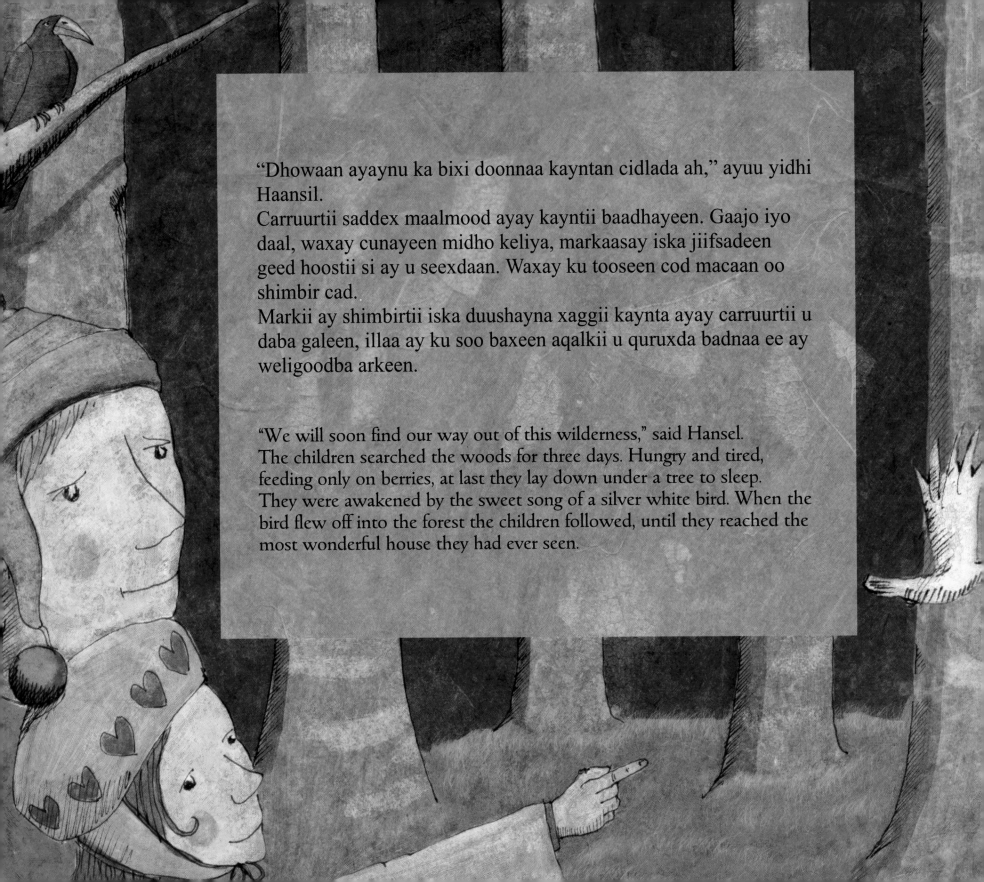

"Dhowaan ayaynu ka bixi doonnaa kayntan cidlada ah," ayuu yidhi
Haansil.
Carruurtii saddex maalmood ayay kayntii baadhayeen. Gaajo iyo
daal, waxay cunayeen midho keliya, markaasay iska jiifsadeen
geed hoostii si ay u seexdaan. Waxay ku tooseen cod macaan oo
shimbir cad.
Markii ay shimbirtii iska duushayna xaggii kaynta ayay carruurtii u
daba galeen, illaa ay ku soo baxeen aqalkii u quruxda badnaa ee ay
weligoodba arkeen.

"We will soon find our way out of this wilderness," said Hansel.
The children searched the woods for three days. Hungry and tired,
feeding only on berries, at last they lay down under a tree to sleep.
They were awakened by the sweet song of a silver white bird. When the
bird flew off into the forest the children followed, until they reached the
most wonderful house they had ever seen.

The walls were tiled with strawberry tarts, the roof was made of chocolate hearts. Around the windows were caramel frames and the pathway was lined with candy canes. "Now we can eat!" said Hansel and he bit off a piece of the roof.

Suddenly, they heard a voice. "Jimney, Jimney, who's that nibbling at my chimney?"

"It's the wind, it blows right in," they answered, and went on eating.

All at once the door opened and a strange, shrivelled woman appeared. Beyond her tiny spectacles she had blood red eyes.

Hansel and Gretel were so frightened they dropped their sweets.

"What brought you here, my dears?" she said. "If it is hunger, then come and see what I have for you."

She took them by the hand and led them into her little house.

Subaxnimadii ayaa falalaydii shaydaamadda ahayd soo qabatay Haansil
markaasay shebekadda wax lagu xareeyo ku riixday. Isagoo baqaaya oo
dabinkii lugu riday ayuu muusanaabay.
Geratal ayaa soo oroday iyadoo ooyaysa. "Sidaad odhanaysaa walaalkay?"
way oyday.
Falalaydii ayaa qososhay oo indhihii casaa sare u rogtay.
"Waxaan u diyaarinayaa si loo cuni karo," ayay ku jawaabtay. "Adiga
ayaana iga caawinaaya arrintaa, waa gabadha yar."
Geratal aad bay u baqday.
Waxaa loo diray inay ka shaqayso falalayda kijadeedii, halkaas oo ay ku
diyaarisay cunto farabadan oo loogu talagalay walaalkeed.
Laakiin walaalkeed wuu diiday in la naaxiyo.

In the morning the evil witch seized Hansel and shoved him
into a cage. Trapped and terrified he screamed for help.
Gretel came running. "What are you doing to my
brother?" she cried.
The witch laughed and rolled her blood red eyes.
"I'm getting him ready to eat," she replied. "And you're
going to help me, young child."
Gretel was horrified.
She was sent to work in the witch's kitchen where
she prepared great helpings of food for her brother.
But her brother refused to get fat.

Falalaydii ayaa maalin walba soo booqatay Haansil.
"Ii dhiib farahaaga," way ku qaylisay. "Bal aan
eego sidaad u naaxdaye!"
Haansil ayaa soo taaga laf uu ka nujubsanaayay
oo uu jeebka ku sitay.
Falalaydii, oo aan indhaha si fiican waxba uga
arkaynin ayaa fahmiwayday waxa wiilkan yari
sidan ula caatoobay.
Saddex todobaad kadib ayay samri kariwayday.
"Geratal, ii soo ururi xaabada oo dhakhso, wiilkaas
digsiga ayaynu ku ridaynaaye," ayay tidhi falalaydii.

The witch visited Hansel every day. "Stick out your finger,"
she snapped. "So I can feel how plump you are!"
Hansel poked out a lucky wishbone he'd kept in his pocket.
The witch, who as you know had very poor eyesight, just
couldn't understand why the boy stayed boney thin.
After three weeks she lost her patience.
"Gretel, fetch the wood and hurry up, we're going to get
that boy in the cooking pot," said the witch.

Haansil baa shebekaddii ka soo booday sidii shimbir la sii daayay.

Hansel sprang from the cage like a bird in flight.

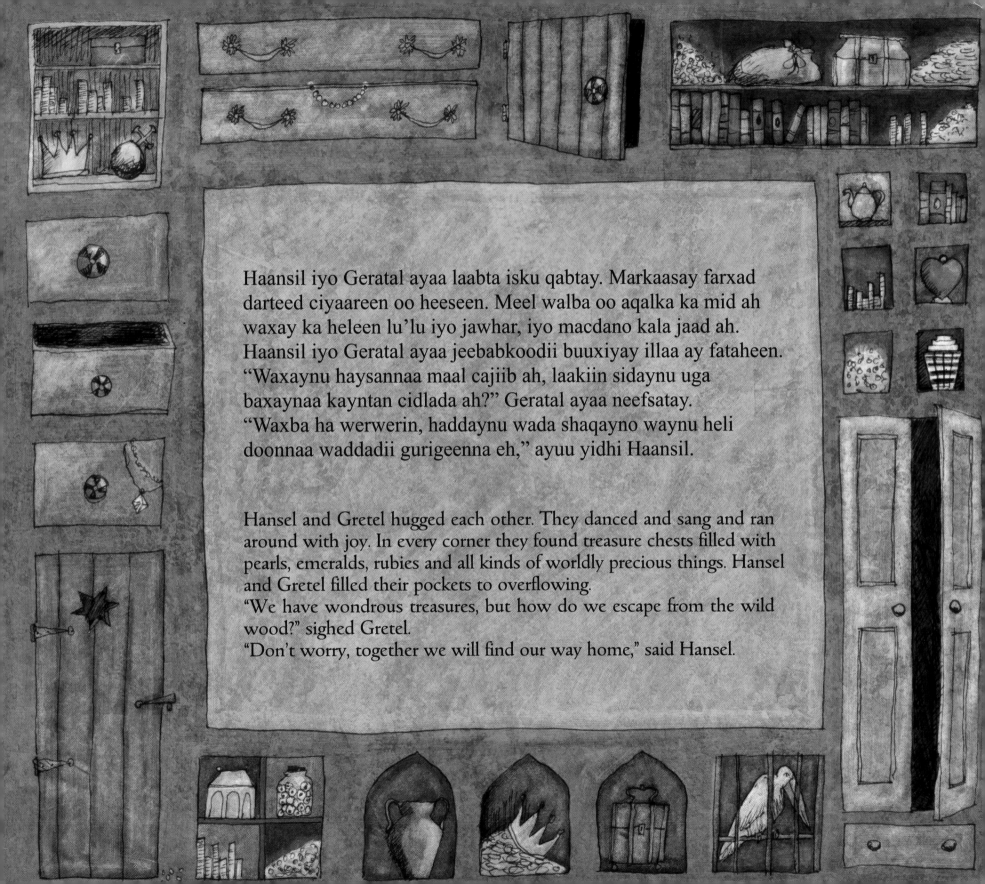

Haansil iyo Geratal ayaa laabta isku qabtay. Markaasay farxad darteed ciyaareen oo heeseen. Meel walba oo aqalka ka mid ah waxay ka heleen lu'lu iyo jawhar, iyo macdano kala jaad ah. Haansil iyo Geratal ayaa jeebabkoodii buuxiyay illaa ay fataheen. "Waxaynu haysannaa maal cajiib ah, laakiin sidaynu uga baxaynaa kayntan cidlada ah?" Geratal ayaa neefsatay. "Waxba ha werwerin, haddaynu wada shaqayno waynu heli doonnaa waddadii gurigeenna eh," ayuu yidhi Haansil.

Hansel and Gretel hugged each other. They danced and sang and ran around with joy. In every corner they found treasure chests filled with pearls, emeralds, rubies and all kinds of worldly precious things. Hansel and Gretel filled their pockets to overflowing.
"We have wondrous treasures, but how do we escape from the wild wood?" sighed Gretel.
"Don't worry, together we will find our way home," said Hansel.

Saddex saacadood ka dib ayay ku soo baxeen laag biyo ah.

"Kama gudbi karno," ayuu yidhi Haansil. "Doonni ma leh, biriish ma leh, waa biyo madow oo saafi ah oo keliya."

"Eeg! Biyaha waraaranaaya, shimbirbadeed cad oo saafi ah ayaa dabbaalanaysa eh," Geratal ayaa tidhi. "Waxaa laga yaabaa inay ina caawin karto."

Markaasay mar u wada heeseen: "Shimbirbadeed yar, ee baalasheeda cadcaddi dhalaalayaan, fadlan na maqal, biyuhu waa dheer yihiin, biyuhu waa ballaadhan yihiin. Xagga kale ma noo gudbin kartaa?"

Shimbirbadeedii ayaa xaggoodii u soo dabbaalatay markaasay Haansil qaadday, dabeedna Geratal ayay si wanaagsan u qaadday biyaha xaggooda kale.

Markii ay xagga kale u gudbeen ayay wada garteen meesha ay joogaan.

After three hours they came upon a stretch of water.

"We cannot cross," said Hansel. "There's no boat, no bridge, just clear blue water."

"Look! Over the ripples, a pure white duck is sailing," said Gretel. "Maybe she can help us."

Together they sang: "Little duck whose white wings glisten, please listen.

The water is deep, the water is wide, could you carry us across to the other side?"

The duck swam towards them and carried first Hansel and then Gretel safely across the water.

On the other side they met a familiar world.

Tallaabo tallaabo, ayay dib u qaadeen waddadii aqalkii qori jaraha.
"Gurigii baynu joognaa!" carruurtii baa qaylisay.
Aabbahood ayaa farxad afka la kala qaaday. "Weli daqiiqadna ma farxin
sidii aad u tagteen," ayuu yidhi. "Meel walba waan idinka baadhay…"

Step by step, they found their way back to the woodcutter's cottage.
"We're home!" the children shouted.
Their father beamed from ear to ear. "I haven't spent one happy moment since you've been gone," he said.
"I searched, everywhere..."

"Hooyana meeday?"
"Way tagtay! Markii ay wax waliba dhammaadeen ayay intay debadda isu maqiiqday ayay tidhi weligaa dib ii arki maysid. Immika saddex uun baynu nahay."
"Iyo macdanaheenan," ayuu yidhi Haansil intuu jeebka gacanta geliyay oo ka soo saaray lu'lu sida barafka u cad.
"Haye," ayuu yidhi aabbahood, "waxay u muuqataa in wixii mashaakil ina soo maray aynu dabada ka tuurray!"

"And Mother?"
"She's gone! When there was nothing left to eat she stormed out saying I would never see her again. Now there are just the three of us."
"And our precious gems," said Hansel as he slipped a hand into his pocket and produced a snow white pearl.
"Well," said their father, "it seems all our problems are at an end!"